MA PREMIÈRE ÉPITRE

EN

RÉPONSE A LA XXXIXe ÉPITRE

DE M. VIENNET,

PAR PROSPER ANDALE.

> Qu'ils tremblent ces faux dieux dans leur temple insolent;
> Je l'ai juré, je veux mourir en les sifflant.
>
> Gilbert, Satire II.

PARIS.

GUILLAUMIN, RUE VIVIENNE, N° 43;

PERROTIN, RUE DES FILLES-SAINT-THOMAS, N° 1.

—

1834.

MA
PREMIÈRE ÉPITRE
EN
RÉPONSE A LA XXXIXe ÉPITRE
DE M. VIENNET.

IMPRIMERIE DE PROSPER DONDEY-DUPRÉ,

SUCCESSEUR DE SON PÈRE,

Rue Saint-Louis, N° 46, au Marais.

MA
PREMIÈRE ÉPITRE

EN

RÉPONSE A LA XXXIXe ÉPITRE

DE M. VIENNET,

PAR PROSPER ANDALE.

> Qu'ils tremblent ces faux dieux dans leur temple insolent;
> Je l'ai juré, je veux mourir en les sifflant.
>
> GILBERT, Satire II.

PARIS.

GUILLAUMIN, RUE VIVIENNE, N° 43;

PERROTIN, RUE DES FILLES-SAINT-THOMAS, N° 1.

1834.

Si M. Viennet l'Académicien eût fulminé des vers tels qu'en savent faire ses collègues Delavigne et Lamartine, s'il n'eût pas eu l'insigne maladresse ou l'incroyable modestie d'enterrer sa XXXIXe Épître dans un journal que ne lisent pas même ceux qui y sont abonnés *par ordre*, nous l'aurions sans doute connue plus tôt, et cette réponse aurait déjà paru depuis long-tems.

Si elle n'arrive qu'aujourd'hui, c'est donc à lui seul que M. Viennet doit et peut s'en prendre.

20 Juillet 1834.

MA

PREMIÈRE ÉPITRE

EN

RÉPONSE A LA XXXIXe ÉPITRE

DE M. VIENNET.

L'âpre Gilbert est mort, et l'enfant de Marseille
Sur le lit de Procuste indolemment sommeille;
Le fouet de la satire arraché de sa main,
Deux ans déjà passés, traîne sur le chemin;
Tous l'ont poussé du pied et, soit crainte ou scrupule,
Nul poète n'a saisi la sanglante férule (1),
Et nul chant populaire, hymne de liberté (2),
N'a retenti depuis dans la grande cité.

Eh! pourquoi donc, amis, ce lugubre silence?
Au fond de votre cœur n'est-il plus d'espérance?
Ou bien de la patrie infidèles soldats,
Pour elle craignez-vous les périlleux combats?
Non, non, en ce moment mon vers vous calomnie;
Entassés et mourans dans Sainte-Pélagie (3),
Vous exhalez sans doute encor des chants pieux,
Qui sont perdus pour nous...mais qu'entendent les cieux!

Ah! de la liberté quand les nobles apôtres (4)
Succombent moissonnés les uns après les autres,
Quand ses chantres aimés expirent dans les fers
Pour l'esprit d'une rime ou la raison d'un vers,
Quand la tribune enfin, écho vain et frivole,
Muette aujourd'hui, n'a plus d'accent qui nous console,
Le pouvoir, enivré de son dernier succès
Dont l'énorme b dget paîra les menus frais,

Espérant accabler ceux qu'attriste le vote,
Contre eux insolemment lance son Don Quichotte.
Pauvres gens, insensés, qui, dans leur sot orgueil,
Se croient entrés au port et sombrent sur l'écueil.

Or un mince écolier, qui se croit un grand maître,
En champ clos aujourd'hui se hasarde à paraître;
A nous, gens au cœur chaud, dont bouillonne le sang;
Le barde de Miguel ose jeter le gant!
Pitié! car il devait par cette folle épître,
Soldat reconnaissant, payer son nouveau titre,
Et prouver à Guizot, Thiers, Soult et cætera;
Qu'il sert bien qui l'oblige et qu'il n'est point ingrat.
Ce sont tripots de cour dont guère on ne s'occupe;
Il est des intrigans, mais il n'est plus de dupe,
Et la France, en dépit des vers et des discours,
De l'aigle de Béziers s'éclaire tous les jours;

De nos nouveaux Trois Cents, dont tout haut l'on se raille,
A son mètre le peuple a mesuré la taille,
Et quand de la justice enfin le jour viendra,
Des œuvres de chacun bien il se souviendra :
Paris alors, Paris qu'aujourd'hui l'on amuse,
Paris, triste jouet d'une infernale ruse,
Qui, pour ses députés prenant douze commis,
Un moment oublia ses bons et vieux amis,
Brisant le piédestal où ces douze nains posent
Et de leur dévoûment jaloux qu'ils se reposent,
Les enverra jouir en leur obscurité
Du fruit de tous les vols faits à la liberté.
Alors commencera l'ère d'indépendance
Qu'un siècle de raison présage à notre France,
Le soleil de Juillet nous reluira plus beau,
Les partis ralliés n'auront plus qu'un drapeau,
Et la patrie, hélas! mère trop méconnue,
Qu'immole l'intérêt, que l'égoïsme tue,

Retrouvera ses fils, honteux de leurs débats,
Réunis, confondus et serrés dans ses bras.

Jusque-là, Viennet, drape-toi de ta gloire,
En vers d'académie exalte ta victoire,
Et pour la rehausser attaque avec fureur
Ces hommes, retranchés dans un stérile honneur,
Qui de la cour jamais n'ont mendié les grâces
Et vous trouvent petits, montés sur vos échasses;
Race d'indépendans qui ne sont bons à rien
Et faits tout uniment pour être gens de bien.
Ceux-là, tu les pourras facilement confondre,
Car aucun ne voudra s'abaisser à répondre.
Oh! tu le savais bien, lorsque sur La Mennais
Ta muse décocha ses misérables traits.
Quoi donc tu n'as pas craint, littéraire pygmée,
De venir t'attaquer à telle renommée,

Et tu crois mesurer à ton petit compas
Un génie inspiré que tu ne comprends pas !
Sa sublime parole, ardente prophétie,
Te semble du Babeuf prêché par Isaïe (5),
Et selon toi, Marat, Robespierre et Danton
Aux jours de la terreur parlaient de même ton !
Quoi ! tu prends le chrétien pour un tribun? son style,
Écho des livres saints, reflet de l'Évangile,
Mystique parabole et pieuse oraison
D'un prêtre illuminé d'une haute raison,
N'a pas des cent rayons de sa brûlante flamme
Éclairé ton esprit et réchauffé ton ame !...
Aveugle courtisan, déverse donc le fiel
Sur cet autre inspiré, moderne Daniel?
Mais si la liberté faisait un jour entendre
Les trois magiques mots qu'on n'a pas su comprendre,
Ne l'interroge pas, car il serait trop tard :
Le ciel aurait sonné l'heure de Balthazar !

Ah! puisse de ce jour un sanglant météore
Ne te point annoncer la glorieuse aurore!

Mais réponds-moi, crois-tu ne voir jamais finir
Le présent que déjà menace l'avenir?
Mais ce tems, devant toi, sans effort, sans secousse,
Dans la nuit du passé chaque instant le repousse,
Le jour d'hier n'est plus et le jour d'aujourd'hui
Dans l'abîme des tems va se perdre avec lui!
Eh bien! quand sous tes yeux, législateur étrange,
Les hommes et les tems, tout s'efface et tout change;
Quand un âge nouveau, d'une éclatante voix,
Sentant d'autres besoins, réclame d'autres lois;
Quand le monde moral, qui sans règle gravite,
Menace incessamment de quitter son orbite,
Tu ne vois pas qu'il faut, à l'œuvre tous les jours,
Se hâter d'en régler et la marche et le cours,

Satisfaire à des vœux ardens mais légitimes
Que la haine et la peur travestissent en crimes,
Et d'un siècle en travail, dirigeant le progrès,
A force de raison prévenir tout excès?

Oui, pour parer aux maux, où la France est en proie,
C'était le seul chemin et l'infaillible voie!
Il fallait y marcher sans peur; vous auriez pu
Conjurer tout malheur si vous l'aviez voulu;
Lyon n'aurait pas pleuré sur tant de funérailles,
Paris ouï deux fois le signal des batailles,
Et la patrie, heureuse au sein d'un doux repos,
N'aurait pas à compter quatre partis rivaux.

Mais je suis fou vraiment de tenir ce langage;
Les maux dont nous souffrons ne sont pas votre ouvrage,

C'est le nôtre : à coup sûr vous avez seuls compris
Et les besoins du peuple et les vœux du pays;
De l'antique raison le flambeau tutélaire,
A travers les écueils vous guide et vous éclaire;
A vous notre salut! et ce Juste-Milieu
Qu'on raille est pour le moins l'œuvre d'un demi-dieu.
Non, le divin Platon rêvant sa république,
D'un chef-d'œuvre pareil n'eût pas doté l'Attique;
Et Lycurgue et Solon, ces sages, ces héros,
Auprès de l'inventeur n'étaient que de grands sots.

Car ici raisonnons : contre les Ordonnances,
Quand Paris indigné dressa ses bras immenses,
En moins d'une heure arma sa ville et ses faubourgs
Et de trois rois brisa le trône dans trois jours;
Dans ce drame sanglant le peuple, acteur suprême,
Se ruait à la mort sans songer à lui-même

Et ne soupçonnait pas, en défendant la loi,
Qu'il jetait la couronne au front d'un autre roi,
Le budget à des gens dont les mains étaient vides
Et qui faisaient serment de n'être pas avides,
Toutes les dignités enfin à ces amis
Qui de l'aimer toujours avaient quinze ans promis.
Mais pour lui, satisfait de sa propre misère
Ou sans doute estimant son sort assez prospère,
Il ne réclama rien, quand du vieux oripeau
Chacun autour de lui s'arrachait un lambeau.

Eh bien! donc cet oubli du peuple, de *lui-même*,
Est devenu pour vous la base d'un système;
Cette abnégation que seul il fit de soi,
Depuis quatre ans vous sert et de règle et de loi;
Tout par lui, rien pour lui, telle est votre maxime,
Et cette politique est sage et légitime :

Car si dans ses trois jours le peuple eût demandé,
Nul doute qu'à ses vœux chacun n'eût accédé;
Alors on se fût bien gardé de lui déplaire,
C'était jouer gros jeu qu'essayer de le faire,
Et Mahul n'aurait pas affronté ce danger!...
S'il réclame aujourd'hui, pourquoi le ménager?
Son Juillet est si vieux qu'à peine l'on y songe,
Sur ce grand souvenir on a passé l'éponge,
Et vers ce tems quiconque ose porter les yeux,
S'il n'est républicain, est au moins factieux.

Or, tout bien raisonné, si le peuple murmure
Pour vous, c'est de sa part ingratitude pure,
Car vous l'avez comblé! Grâce à vos douces lois,
On le tond maintenant aussi ras qu'autrefois,
Par amour, pour son bien, attendu qu'en ce monde
Un peuple ne peut être heureux qu'on ne le tonde,

C'est son lot; et pourvu que ses bons députés
Soient du Roi bien reçus, bien traités, bien fêtés,
Que le ministre ait soin de caser leurs familles,
Les enfans de leurs fils et les fils de leurs filles;
Que leurs femmes, objet d'un touchant intérêt,
Aient promesse à la cour d'avoir le tabouret,
Oh! tout va bien alors, et le peuple sans crime
Ne saurait condamner un aussi beau régime!
Après cela, pour lui, qu'en tout tems à Paris,
Les vivres soient fort chers et le vin hors de prix,
Le mal n'est pas si grand, puisqu'il peut en revanche
A la barrière aller s'ébattre le dimanche,
Et, quatre fois par mois, noyer au fond du vin
Les soucis de la veille et ceux du lendemain.

Voilà sa vie à lui, six jours chaque semaine,
Ainsi qu'un vil forçat, il courbe sous sa chaîne,

Et s'il ne la rompt pas, c'est que le ciel lui fit
Tous les sept jours un jour de calme et de répit.
Dans son cœur cependant le désespoir s'amasse;
Mais quand de le porter sa poitrine se lasse,
En torrent il déborde et de ses mille voix,
Il monte jusqu'au trône épouvanter les rois.

C'est l'heure du combat, le signal d'une guerre
Où succombent toujours quelques grands de la terre;
Tribuns, éloignez-la du sein de nos cités,
Interrompez le cours de nos prospérités.
Sous leur funeste poids la France est abattue,
Le bonheur qu'elle goûte est un bonheur qui tue;
S'il en est tems encor, éclairez le pouvoir;
Sauvez-le, sauvez-nous, c'est là votre devoir!

A M. Viennet.

O toi! fais désormais trève à la politique,
Et calme, s'il se peut, ton ardeur frénétique!
Épargne-nous tes vers, grâce de tes discours,
Et surtout garde-toi de chanter nos grands jours (6).
Poëte de malheur, orateur sans fortune,
Avec prudence fuis l'une et l'autre tribune;
A l'Institut, au rostre, évite tout écueil,
Ici dors sur ton banc ou là dans ton fauteuil.

NOTES.

(1) Nul poëte n'a saisi la sanglante férule.

La trop courte existence de la *Némésis incorruptible* peut autoriser ce que nous disons ici ; cependant MM. Veyrat et Berthaud viennent de s'emparer de la succession de Barthélemy, et aucun poète ne se fût montré plus digne qu'eux d'un pareil héritage.

(2) Et nul chant populaire, hymne de liberté,
N'a retenti depuis dans la grande cité.

Béranger a dit adieu à la chanson, et Paris semble avoir suivi son exemple : jamais en aucun tems on n'a peut-être moins chanté qu'aujourd'hui.

(3) Entassés et mourans dans Sainte-Pélagie, etc.

Quelques poètes courageux y gémissent depuis long-tems, en expiation de leurs beaux vers ; M. Bastide peut être cité en tête.

(4) Ah ! de la liberté quand les nobles apôtres
Succombent moissonnés les uns après les autres.

Benjamin-Constant, Lamarque, Dulong ! ! ! Lafayette, Conseil ! ! ! etc.

(5) Te semble du Babeuf prêché par Isaïe.

Mot attribué à M. Royer-Collard.

(6) Et surtout garde-toi de chanter nos grands jours.

Un journal nous a menacés d'un dithyrambe de M. Viennet pour l'anniversaire des 27, 28, 29 juillet. — En 1831, une cantate de Victor Hugo; en 1834, un dithyrambe de M. Viennet! Quel saut!!!

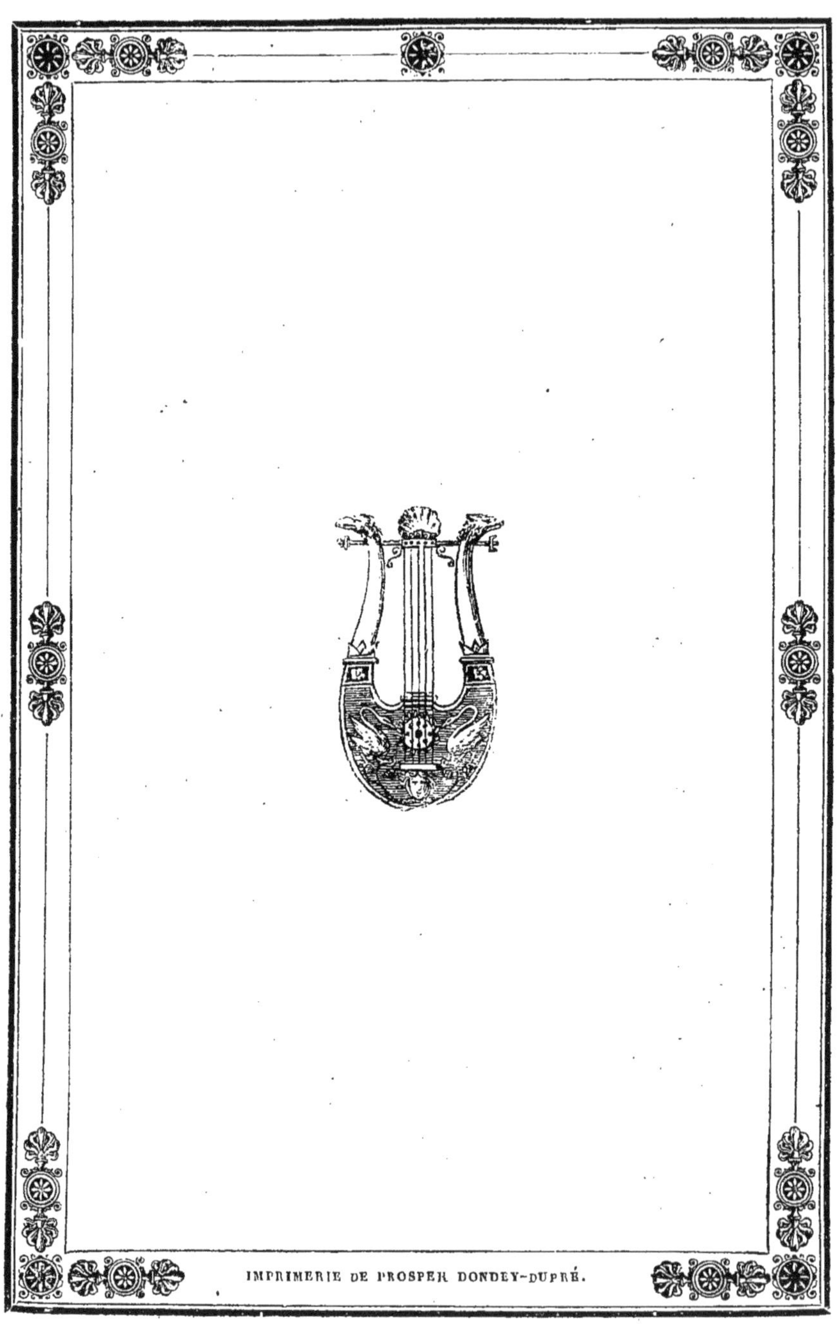

IMPRIMERIE DE PROSPER DONDEY-DUPRÉ.

www.ingramcontent.com/pod-product-compliance
Ingram Content Group UK Ltd.
Pitfield, Milton Keynes, MK11 3LW, UK
UKHW020549230726
13925UKWH00006B/2474